낡은 의자에 앉아서

생각과 표현
시인선 03

낡은 의자에 앉아서

초판발행   2018년 10월 20일

지 은 이   신규철
펴 낸 이   주병율
펴 낸 곳   생각과 표현

출판등록   2016년 12월 1일 (제386-2016-000088호)
주 소   경기도 부천시 조마루로385번길 122, 2406호
           (춘의동, 삼보테크노타워)
대표전화   032-220-7897
이 메 일   bypine1@hanmail.net

ISBN   979-11-960379-6-3 04810
           979-11-960379-2-5 (세트)

이 도서의 국립중앙도서관 출판시도서목록(CIP)은 서지정보유통
지원시스템 홈페이지(http://seoji.nl.go.kr)와 국가자료공동목록
시스템(http://www.nl.go.kr/kolisnet)에서 이용하실 수 있습니다.
(CIP제어번호 : CIP2018010455)

생 각 과
표 · 현
시 인 선

03

낡은 의자에 앉아서

신규철 시집

생각과표현

손이나
발이나
머리로 느끼기 보다
가슴으로 느낄 그 무엇이
절실하다
그저 평범한 물상이라 하더라도
나의 눈으로 보고
나의 귀로 듣고
나의 목소리로 노래하고 싶다
한여름의 매미처럼
여한 없이
온 몸으로 노래하고 싶다

차례

1부, 과연 떠날 수 있을까

2부, 억새의 가벼운 몸짓

3부, 별들이 내려앉는 소리

4부, 그레이셔만의 바다

1부, 과연 떠날 수 있을까

나의 집

바다의 집은 포구
갈매기의 집은 하늘
나의 집은 작은 배

바닷물은 소래포구에서 잠들고
갈매기는 소래철교 아래서 잠들고
나는 기우뚱거리는 작은 배 위에서 잠든다

바다는 밤이 깊을수록
파도에 파도가 울창해져
포구는 방파제 하나로 중심을 잡고 있다
내 작은 집은 넘어지지 않으려
기우뚱거림의 중심에 평형수가 채워져 있다

집을 짓는 일도 돛대 위에 갈매기를 쉬게 하는 일도
먼 바다로 나가서 고기를 잡는 일도
모두,

넘어지지 않으려 기우뚱거림의 중심에 평형수를 채우고
돛을 내리고 돛을 올리는 일이다

바다의 집은 포구
갈매기의 집은 하늘
나의 집은 작은 배

바다의 길

내가 걸어온 길은
바다의 길을 따라 걸어온 길이다
거센 파도에 뒤뚱거리는 날개
그 날개가 너무 커서 조롱을 받다가
커다란 암초에 걸려 넘어지곤 했던 길이다

언젠가는 섬 사이로 떠다니는
야자열매 몇 개 주워서
갈증 나는 목을 축이다가
바다의 길을 따라 잠시 항구에 머물렀던 길이다

깜깜하던 그 길에서 작은 배를 만나
그와 함께 부두의 불빛 아래 쉴 수 있었다

아무리 날개 짓을 해도 날 수 없었던 바다의 끝자리에서
모든 물고기들이 거센 폭풍 속에 숨을 때도
나는 당당하게 방파제 앞에 서 있었다

다시금 거센 바람에 몸을 맡기고 큰 날개로 날아오를 때
나는 더 이상 바보가 아니었다
날아가다가 힐끔 뒤돌아 본 먼 수평선 위에서
알바트로스, 내 이름이 보였다

보이지 않는 고릴라

하버드대에서 만들었다는
'보이지 않는 고릴라' 동영상 화면 안에서
농구선수들이 공을 몇 번 패스하는지 세어보라는 주문을 듣고
그 동영상을 보았다
동영상이 끝난 후 고릴라를 보았느냐는 질문을 받았다
패스 횟수를 세느라 나는 고릴라를 보지 못했지만
다시 들여다 본 동영상에는 분명 고릴라가 돌아다니고 있었다

그 후, 누굴 만나러 가는 길인지
어디로 가는지 내가 내게 물어보지만
나는 대답할 수가 없다
구불구불한 길
따가운 햇볕 아래 모자를 눌러 쓰고
한 눈 팔지 않고 열심히 숫자를 세고 가는 길

내가 처 놓은 그물 속에서

나는 한쪽 눈을 감은 채
보고 싶은 것만 눈에 익히고
듣기 좋은 소리만 귀에 담았다

보고도 못 보는 병
숫자를 세는 데 빠져있던 내가
뒤 늦게 눈을 부릅떠도
고릴라는 어디에도 잘 보이지 않는다

뭘 몰랐는지
뭘 잘못 알고 있었는지
이제는 이유도 알지 못하는 마음의 병

내 노래 들어보소

거기, 누구 없소
있으면 고개 좀 들어보소
와서 내 노래 들어보소

바람 불어서 넓은 들판을 거닐다가
밀물같이 갈대 잎은 모두 옆으로 누웠지만
나는 오늘도 꼿꼿이 서서
돌아오지 않는 강
머나먼 길을 가오

작은 연못, 하느작거리는 모새달 사이에서
은은히 달 속에 꿈을 물고
입속에 해송 내음을 가득 물고
지난밤 깊은 어둠까지
성자처럼 허공을 비상하오

겨울 찬바람

매서운 눈빛에
푸른 강 건너 그대 깊은 상처
가슴 깊은 곳
내 노래 들어보소

알 수 없어라
창을 열면 활짝 핀 저녁놀
지는 해처럼 휘파람 소리조차 뒤쫓아 가는가

나뭇가지에 걸린 연 하나
문득 긴 꼬리 세워보지만

거기, 누구 없소
있으면 고개 좀 들어보소
와서 내 노래 들어보소

세월

어느새 너
여기까지 왔니?

달리면서 너를 볼 수는 없었어
한숨 돌릴 여유가 필요해

고향 떠나
꺼진 연탄에 불 붙여 놓고
냉방에서 온기가 돌기를 기다리던 자취방
너희들은 이것도 모르니?
나를 따르라 큰소리치던 교사시절
하얀 민들레 같은 아내와 솔과 달, 두 딸
물웅덩이를 지나고 가파른 산을 오르고
그러다가 어느덧 좋은 세월 다 가고

바람은 오늘도 쉬지 못하고
여기저기 잃었던 기억의 파편들을 불러 모은다

언제든 바뀔 수 있는 무대 위의 단역 배우들
열매다운 열매 하나 맺지 못하고
향기다운 향기 하나 내뿜지 못하고
몸만 버렸구나

나 이제 멈추려한다
세월, 너도 내 안에 머물러다오
달빛처럼
외로운 개똥벌레처럼
그렇게 가슴에 머물러다오

언덕길

운연동 농장으로 가는 길
꽃들은 다투어 피어나는데
분봉하는 벌들 어지럽게 하늘을 나는데
목줄에 매인 개 한 마리
마당 한 쪽 디딤돌에 턱을 받치고 졸고 있다

소래산이 눈을 뜨고 기웃이 내려다보듯
텃밭까지 내려온 곤줄박이 슬픈 귀를 대어보듯
얼레지 보랏빛 언덕길로 숨을 몰아가다
긴 호흡으로 눈꺼풀이 무거워진 바람

그 바람의 눈동자를 들여다보면
파라오의 비밀처럼 하얀 속살
부피도 무게도 없이 내 손등 위에 떨어진다

저만치 때까치 소리에 놀라 잠 깬 개울물
산허리 꽃길을 따라 깊게 흐르다가

어느새 내 눈언저리에 그렁그렁 고인 소래산 언덕길

바다의 끝

한 밤중에 일어나

아파트에서 창밖을 내다본다

저 멀리 검은 포구에는

하늘의 별들이 내려와 묵묵히 박혀있다

반짝임이 없는 별들

그리스 파라미디 1000년 고성을 넘어서 인도양을 넘어서

시간이 멈춘 듯 바람의 섬으로 검게 엎드린 소래포구

온통 잿빛이다

화산재가 날리는 사막의 요새 같다

여름 내내 따가운 모래와 입 맞추던

나무뿌리처럼 말라버린 빈 늪의 풍차에 손을 올려놓고

이 밤, 나는 어디로 가야 하나

천 길 낭떠러지기 같은 방에서

나는 다시 길을 잃고

모래바다 사막 한가운데 별들은 지고

바위와 바위 사이 어둠은 더 깊어졌다

방조제를 따라가 본다

빠른 물살에 방조제가 뒤뚱거린다
빛이 휘어지는 바다의 끝도 바다의 중심도
휘어진 빛으로는 알 수가 없다
오랜 침묵과 방황의 바다
밤바다가 우는 소리가 들린다
선착장을 지나서 까마득한 경계의 끝
검푸른 바다에는 물고기도 잠이 들었다
뒤뚱거리던 폐선 하나가 밤바다에 몸을 맡긴다
하늘과 바다, 경계가 모호한 그 끝에서
누군가 죽비 후려치는 소리 들린다

단풍나무 가까이

설봉산 옛 백제성터 작은 언덕 위
키 큰 단풍나무가 햇살에 몸을 기대고 있다
쿵쾅거리는 심장, 그 깊은 기운을 붉은 노을로 풀어 놓아
머리카락을 물들이고
손과 발을 물들이고
직박구리의 노란 입술마저 꼭두서니로 물들인다
멀리 아무르강에서 날아온 붉은가슴 도요새처럼
낮이면 붉고 밤이면 검어지는 바람의 몸 밖에서
제 몸을 바라보는 단풍잎
숲길, 텅 빈 나무 그늘 아래
여기저기 떨어진 상수리나무 열매도 수런거리고 있다
내게 손짓할 수 있을 만큼 가까운 거리
단풍나무는 그 곳에서
내가 지나왔던 길들을 기억하고 손을 흔들고 있다
손금을 들여다보듯 젊은 한 때의 일마저
하나 둘씩 이제는 허물어진 성벽을 넘어가고
나는 그 작은 언덕 위에서 단풍처럼 발갛게 물들어간다

단풍잎

지난밤 찬서리 어둠 속에서
수억으로 몸부림친 점묘법그림
이 단풍잎 좀 봐
사는 게 뭐 별거냐며
꿈에서 깨듯
멀리 떠날 준비를 하는 단풍잎

고향 언덕길 싸리울을 떠나
천 길 물속을 헤엄친 저 얼굴 좀 봐
돌아오지 않는 강물
외로운 바람소리 창가에 서서
시리도록 입술을 깨물어보지만
헤어지지 않는 인연은 없다

자유롭기 위해 제 몸을 내려놓은
G선상의 아리아 저 얼굴 좀 봐
사는 것은 순간이고

죽는 것은 순간에서 깨어나는 거라며

깊어 가는 가을, 분홍빛

저녁노을 까지 모아서

긴 편지를 쓰고 또 쓰는 단풍잎

하늘은

하늘은 하나의 물방울이면서 풀잎이다
하나의 물방울이면서 모든 풀잎인
어린 아이의 작은 손에서도 들릴 줄 아는 동심

잠들지 못하고 뜰에 나갔다가
연못에 비친 하늘을 들여다본다
그 속에는 나뭇가지처럼 맑은 미소
긴 꼬리별, 손톱 조각달이 들어있다

내가 '하늘' 하고 부르면
연못은 언제나 맑거나 푸르거나 붉게 탄 얼굴
하나로 떠서 내게 다시 걸어온다

천의 얼굴
먼동이 틀 때까지 연못은
붕어, 소금쟁이, 물방개로 넘쳐나고

안개가 머물다 돌아간 자리마다
하늘은 하나의 물방울이면서 풀잎이 되고
두 손으로 뭉쳐도 뭉쳐지지 않고
퍼내고도 깊이를 알 수 없는 봄빛이다

무의도

소서(小暑) 지나자

바람은 더워지고

바다가 녹음처럼 깊어진 무의도(舞衣島)* 산행 길

내 아픈 다리를 끌고 구름이 함께 간다

하늘 가득 나뭇잎소리

저 멀리 선바위 푸른 물결 위에

수천 별로 뜨고

환한 달밤 어디선가 들려오는 장구소리

그리움 새록새록 눈뜨고

가슴 뜨겁게 쏟아지던 별빛 마당바위

무의도, 그대의 춤사위에

호랑이 한 마리 넋을 잃고 바다에 빠졌다지

들에는 풍년 바다에는 풍어

어느새 세월은 가고

그대 향한 그리움 긴 호흡까지

망부석이 되었다지

춤추는 섬 무의도, 어디선가

인신공양으로 바쳐진 여자아이 울음소리 들린다

* 무의도(舞衣島) : '춤추는 무희' 전설이 있는 인천 서해의 섬

낡은 의자에 앉아서

소래아파트 1002동과 1003동 사이
골바람이 지나는 낡은 의자에 앉아서
멀리 포구의 바다를 본다
아마추어 사진작가도 지나가고
여섯 량 객실을 달고 오이도 행 전철도 지나가고
진흙 속 칠게 잡아먹던 물새들 까르륵 지나가는데
잠시 졸았다
아파트 화단에서
요리조리 비둘기 몇 마리 먹이 싸움중이다
누군가 던져 준 새우깡 한줌에 야단법석이다
폭풍우 몰아치던 아라랏산
하늘이 열리고 땅에 물이 가득할 때와 같다
천리를 날아 올리브 잎사귀 입에 물고
노아의 방주에 눈 맞추는 동안
세월은 흘러
소래포구 뱃고동으로 오고
여기저기 흩어진 새우깡부스러기

몇 조각의 빵으로 깜빡 졸고 있는 동안

내 인생도 지나간다

뉴욕 고층 빌딩에 한옥

뉴욕 고층 빌딩에 한옥을 한 채 짓고 싶다

마천루가 꽉 들어찬 뉴욕에

막새기와를 얹은 한 옥을 한 채 지어 올리고 싶다

강원도 월정사 숲길이 아니어도 좋다

할머니 무릎 베고 옛 이야기 듣던 평상이 있는 집

갓 쪄 낸 옥수수 속살 노란 고구마

왕골 바구니 놓인 하늘

아침이면 황금색 금강소나무

하늘 정원에 작은 연못을 만들고 싶다

잠자는 방은 도토리처럼 작아도 좋다

안방에 부모님 모시고

항시 손주들에게 간식을 꺼내줄 수 있게

아랫목 뒷벽에 머리벽장을 만들고 싶다

넓은 공간은 하나면 족하다

차 마시고 다리 쭉 뻗고 책도 볼 수 있는 마루

마루 가득 이웃을 불러서 울창한 숲

느릅나무 향으로 가득한 이야기를 나누고 싶다

정원 안에는 장독대 하나 만들고 싶다
장독대에는 고추장, 된장, 오이장아치
소금물에 잘 익은 무 항아리 놓아두고
겨울에도 시원한 동치미국물 마시고 싶다
콘크리트 차가운 뉴욕의 빌딩 숲에서
봄 한철 송홧가루 날리던 밤
별빛, 달빛 그 냄새를 맡고 싶다

겨울, 갈대밭에서

강바람에
갈대는 조용히 울고 있다

마른 허리 꺾고
야윈 어깨 더 많이 꺾고
어두운 길에선 먼 빛을 디뎌야 하므로
눈썹까지 차오르는 눈물과 한숨도 꺾고

세상에 흔들리는 것이 어디 너뿐이겠는가
정에 흔들리다가
외로움에도 자주 흔들리다가
어느 밤이었을 것이다

물결의 속삭임도 달빛도 아닌 것
눈물이 다시 꽃으로 피어나는 온 몸의 아픔
오히려 흔들려서 더 선량한 눈빛

날 수 없어 춤을 추고
울 수 없어 노래하는
이제 내 발등을 딛고
내 어깨를 짚고
강둑 이쪽에서 강둑 저쪽까지
아득하고 서늘하게 나부끼는 갈대

떠났던 물방개 같은 것들,
잠자리며 철새 같은 것들,

갈대는 조용히 울고 있다

과연 떠날 수 있을까

책가방 하나 손에 들고 동가식서가숙하다가 딸아이 둘 키워 모
두 남 주고 별 탈 없이 살았으니 그간 소원했던 친구들이나 만
나고 아픈 허리엔 파스 붙이고 붉은 단풍잎처럼 살자고 마음먹
고 남은 인생 과연 달랠 수 있을까

날아가는 새
그 지저귐이 어지럼증으로
내 귓속의 세반고리관으로 흐르는 푸른 아우성

이것도 저것도 아닌 주변의 언저리
가물가물 멀어지는 마을을 벗어나
산 아래 낯선 길에선 몸과 몸이 멀지 않아
네 모습이 내 모습 내 모습이 네 모습인데

더 가꿀 무슨 집이 있다고 메마른 가슴에 가슴 가득 고운 햇살
이 어둔 길 제 몸 태워가며 산마루 돌아 찾아가는 길 세상 밖의
외출 끓어오르는 욕심 버리고 당신 계신 정겨운 모습 그림자까
지 환히 빛나는 영혼 깊은 그 곳으로 과연 떠날 수 있을까

2부, 억새의 가벼운 몸짓

당신

집 떠나니 보인다

혼자 있으니 그립다

눈 감으니 더 또렷하다

친구

동창들 모임에서

얼마 전 갑자기 세상을 떠났다는 K소식을 듣는다

추분(秋分) 날, 비는 주룩 주룩 내리고

발길 옮길 때마다

빡빡머리 검은 운동화

해맑던 그의 눈빛까지

우산 속에서 내 얼굴에 부딪친다

눈썹에 닿아서 이슬로 맺히고

입술에 닿아서 싸늘한 감촉으로 남은

그와 늦은 밤길을 걸었던 빛바랜 몇 장의 기억들

언젠가 그와 내가 멍석 위에 나란히 누워

흘러내리는 별들 가슴으로 바라봤던 밤

밤이 깊도록 잠들지 못했던 그 여름밤이

눈시울 적시며 저벅저벅 내게로 온다

비는 하염없이 내리는데

그는 영영 돌아오지 않고

그와 같이 걸었던 나란한 젊은 날의 철길

이제 남은 것은

침목 사이마다 돋아난 풀잎뿐이다

자작나무

관모산 산책길에
소리 없이 내리는 눈송이처럼
친구와 먼 여행길에 오른 카타리나 성녀처럼
자작나무는 언 땅에서 노을에 젖고 있다

온종일 걸어야 할 나무와 나무
그림자와 그림자 사이
가벼운 발걸음으로
저 멀리 주름 잡힌 시간으로부터
더 희고 고운 새 살
언제나 고스란히 남던 안타까움
채워지지 않는 공허, 갈증 같은 것으로
자작나무는 서 있다

너의 호흡은 저 계곡보다 깊고 아득해
하얀 줄기 눈빛에 바래다 못해
아예 눈 속으로 사라져 버리고

여린 햇살과
해묵은 몇 개의 가지들만 미련으로 남았다

아주 먼 길
황혼 저편으로 사라지는 작은 멧새
시간의 저 끝에서 눈빛조차 기억하지 못하는 듯
눈밭에 파묻힌 발목처럼
눈밭을 물들이는 마음

너의 숨소리가 만드는 세상에서
나는 아득한 꿈에 잠기고
월드 휘트먼이 '풀잎' 속으로 들어갔던 것처럼
자작나무, 나는 네 속으로 간다

하늘이 된 여자

해는 기우는데
젊은 여자가 작두를 탄다
서슬 퍼런 칼날 위 몸소름
춤사위 작두에 실어 바람에 날려 보내고 있다

붉은 단풍잎처럼 하늘과 하나가 된 여자
눈물 가득 임진강처럼 출렁거리며
도솔천보다 더 먼 흐린 기억으로 흘러서
여자로 어째서 이곳까지 왔는지
멀고먼 돌밭 길
어둠의 꿈길에서 강물은 더 이상 갈 곳 없고 하늘만이 뚫려 있다
기울어진 하늘의 끝자락을 밀치고
북으로 혹은 남으로
제멋대로 오고 가던 한낮의 새들은 다 어디로 갔는가

가자, 우리도
달빛 사이사이 빛바랜 세월 하늘 밖으로 둥둥 떠서

눈을 밟고 눈길을 가는 눈처럼 가자
산을 넘고 산길을 가는 산처럼 가자

어느새 하늘로 끓어오르는 저 작두의 날빛
전생에 새였을 단풍잎 하나
전생보다 먼 과거의 매듭을 풀고
하늘도 하얗게 빈
이 밤, 임진강을 건너고 있다

떠나는 산

산이 떠나간다

오늘은 산이 나를 떠나간다

어머니가 참나물을 뜯으시던 치악산골짜기

아버지가 지게지고 나무하시던 그 산등강이

개울물에서 알 밴 가재를 내어주던 계곡마저

해질녘 어둠 속에서 나를 떠나간다

가서 또 누구에게는 작은 새가 되어서

어둠 속에서는 나무와 풀잎이 되어서

멀리까지 보기 위해 하늘 종소리가 되어서

홍단딱정벌레가 되기도 하는 산

어둠을 헤치며 외롭게 서 있는 산

그 속에 어머니의 얼굴이 숨어 있다

자나 깨나 가슴에서 눈물로 샘을 파던 어머니

불현듯 그 맨 얼굴 보고서야

나의 철없음, 그제서 묵혀두었던 허물을 후회한다

단풍잎처럼 남김없이 마음을 툭툭 털어놓는다

사연 많은 달 빛 아래

아직 마당가에 서 있는 굽은 대추나무

그 나뭇가지 끝에 앉아있던 개똥지빠귀 한 마리

멀리 안개 속으로 다시 떠나간다

억새꽃 겨울

원주 가는
버스를 타고
깔딱 고개 산마루 몇 굽이 넘어서니
어느새 유년의 강, 어머니 젖가슴이다

가재 골
참새 떼 재잘대던 평장리의 여름은
치악산 똬리굴을 빠져나와서
한껏 높아지다 낮아지고
다시 긴 울림으로 여전히 남아 있다

세렴폭포 너럭바위를 지나서
사다리병창 가는 길에는
맑고 고운 하늘
가을의 긴 꼬리를 잘라내고
이파리 다 떨어진 억새만이 무성하다

감나무 가지에
까치밥 하나 매달아 놓고
아궁이에 불을 지피던 당신의 거친 손등
그 부뚜막에서 피어난다

가지마다
붉어진 열매 다 떨군 뒤에도
평장리 하늘은 끝내 말이 없고
빈 마음이 어우러져 빛나는 겨울
억새꽃은 바람에 쟁이고
노을은 뒤란 장독대에서 쟁여진다

문 밖을 나서서

겨울은 지나갔어요
자물통 같은 서랍의 방에서
이제는 문을 여세요

햇볕도 없고 바람도 없던
그 방문을 열고
버들강아지 풀잎 속으로 들어가세요
노란 병아리처럼 민들레 곁으로 다가서세요
산매화, 철쭉, 장미들의 춤판이 연이어 열린답니다

봄도 없이 여름, 그건 아니지요
밭을 매는 마디마디 굵은 손
무논 속으로 저벅저벅 걸어 들어가시던 당신
당신 없이 이 봄을 보낸다면
여름의 푸른 날은 없을 거예요

햇살 없는 아득한 시간의 경계

바람의 침묵, 무거운 방문을 열고 나오세요

포롬포롬 산 새 우는 한 낮

새가 꽃이 되고

꽃이 하늘이 되는 봄의 소리를 들어보세요

가벼운 옷차림으로 문 밖을 나서서

오래도록 섬강 주변, 한 낮을 맴돌다가

온몸으로 선선하고 풋풋한 시 한편 써보세요

풍차

그 누가
그리워
하늘 향한 손짓

세월의
마디마디
휘고 흰 길을 돌아

염전 터
소래포구에 자리 잡고

붉은 햇살
해풍에 씻어
누구에게 보내려하나

가자

몸과 마음
빈 방에 두고
눈 먼 세상
너는 어디를 가니

무릎 저린 날 바람이 분다
허리 굽은 날 비가 온다
가슴 시린 날 꽃이 진다

하늘 나는 새도 가자
바다 속 물고기도 가자
낮은 땅에서 정든 누이로
아버지와 어머니로
나뭇가지에 맺힌 물방울로 가자

구름 속으로
작은 섬으로

더 깊은 하늘로

산들 바람 단풍잎으로 가자

나의 강으로

주방에서 한약을 달이며
문득 떠나신 어머니를 생각한다

쑥과 망초의 알싸한 내음 속에는
어머니의 먼 강이 있다

여치와 먹딸기를 찾아 가시덤불을 헤치고
송사리, 버들치, 모래무지를 좇아
질펀히 헤매던 강

빨랫줄처럼 신작로가 펼쳐져 있고
물고기 비린내, 온 몸에 감겨오던
저 미끈거리는 녹색말 모래사장
긴긴 여름, 뱀인 듯 휘어진 외나무다리 위로
뜀박질하던 어린 날의 섬강

해질녘 허기진 배를 안고

동구 밖에 들어서면
반갑게 달려들던 매캐한 저녁연기
어머니가 부르는 소리
돌아가야 할 나의 강이었다

이제는 빈방, 창 밖에는 밤비 내리고
주방에선 한약이 끓고 있는데
어디선가 자꾸만 섬강 물소리 들린다

그대의 자리

굽은 느티나무 한 그루마저 옷을 벗은

공원 찻집 흐린 창가에 앉아

모든 이별을 이별하지 않기로 한다

바람이 불 때마다 빈 공터에서 이리저리 나뒹구는 나뭇잎들

퇴근길 남자들이 소주 한 잔을 찾아 비틀거리며 사라지고

자유공원의 비둘기는 하늘로 날아오른다

몇몇의 노인들은 신발을 벗고 벤치 위에 앉아 있다

나는 신발을 벗을 수 없어 의자처럼 쓸쓸해진다

바람이 지나간 한 때의 흔적 같은 거

눈을 씻고 찾아봐도 남은 시간은 점점 희미해지는데

그대 젊은 날이 있던 자리

공원 너머로 한 순간 사라지듯

나는 아직도 느티나무 흰 가지에 반쯤 묻힌 채 손을 흔들고 있다

그대는 듣는가 비둘기의 울음을

월미도 등대가 바라보이는 찻집 어두운 창가에서

오지 않는 그대를 기다리는 동안

옷 벗은 느티나무 사이, 텅 빈 벤치 사이

별들이 내려앉는 소리를 듣는가

소래 포구

애오라지 소담스런 오봉산
짭짜름한 바닥나기 소래포구

억새 풀잎은 견디다 못해 바람에 눕고
너를 기다림은 어느새 아픔이 되어
찌르레기는 멀리 산모롱이를 돌아간다

번민을 감싸주던 옷자락마저
소솜 반짝이다
연기처럼 허공으로 사라지고

알짬 물새 아무도 모르게
울음 한 조각 남겨 놓고
수인선 기차처럼 느릿느릿 철교 위를 지나고 있다

안부

그곳에도

바람 불고 비 오고

흙먼지 속에 작은 꽃들 피어나겠지

강가에 피어나던 물안개

풀피리 불던 주팔, 연관, 영희

지금도 여전히 금빛 무지개 부서지겠지

오늘 세상의 종말이 온다고 해도

한 그루의 사과나무를 심겠다던

초록 댕기 같은 그런 희망을 남기고

포플러 어린잎처럼 소리 없이 떠나간 그대들

지금쯤 산마을 어느 여울목에서

얼음 녹아내리는 소리

바위와 바위의 노래

골짝마다 산 메아리로 울려 퍼지겠지

진달래 핀 봄날에

그대들의 안부가 궁금하다

소래 염전

염부의 굽은 허리와 새까만 팔뚝이

부지런히 바람을 밀고 난 뒤

어둠은 서둘러

하늘 밖으로 둥둥 떠가고

큰 귀 동그랗게 세우고

소래 염전 옹패판 위에 아침 바다가 모여있다

염전 옹패판처럼 그 옛날

봉당집 흰 모래밭에서는 공기놀이가 한창이다

알록달록한 공기 돌 사이

가늘고 긴 손가락 사이에

짙은 속눈썹에 옴폭 파인 보조개

건너 마을 순희가 배시시 웃고 있다

재빠르게 손을 뒤집어

공기 돌들을 휘어잡는데

이 아침 순희는 간 곳 없고
바다는 무엇이 부끄러운지
흰머리오목눈이처럼
온종일 휘파람만 불고 있다

한 세월 가슴에 묻고
소래 염전 옹패판 위에
하얗게 소금으로 쌓인 봉당집
그 집 흰 모래밭에서는 아직도 공기놀이가 한창이다

시애틀에서 쓴 편지

시애틀에서는 어디서나 레이니어산*이 보인다
레이니어 산은 한여름에도 흰 눈으로 덮여 있다
솔희야
네가 사는 판교 아파트에서 눈도 보지 못한 채 서성이는 솔희야
시애틀에 와서 여름에도 녹지 않는 레이니어 산의 눈을 바라
보라
눈이 왜 여름에도 녹지 않는지
눈이 녹지 않는 산등성이가 곰처럼 옹골차게 딛고 있는 하늘을
보라
눈 속에서도 붉게 피어난 제라니움 언덕
그 차가운 바람 소리를 들어보라
풀무질하던 삼촌의 철공소
몸서리치던 쇳물이 어느새 태평양을 건너
계곡과 계곡사이 맨 밑바닥으로 흐르는 눈물처럼
긴 빙폭(氷瀑)으로 내리꽂힐 때
너도 덩달아 마모트처럼 흰 털을 세우면서 힘차게 눈밭을 달려
보거라

아무리 바빠도 솔희야

오늘은 하늘로 쭉쭉 뻗은 침엽수 숲 속의 독수리같이

나라다 폭포 차디찬 물줄기에 한 쪽 발이라도 씻어 보거라

가다가 플렉션 호수 울창한 숲에서

천년 고목 코스트 레드우드의 발자국을 꼭 세어 보거라

* 레이니어산 : 미국 서북부 캐스케이드 산맥의 최고봉(높이 4392m)

3부, 별들이 내려앉는 소리

나귀를 생각하며

해 질 무렵
해안 길을 따라 걸으며
나귀를 생각하네

포구에는
닻을 내린 고깃배
옹기종기 모여있는데

뱃터에서 만난
작은 괭이갈매기들
끼루룩 끼루룩 먼 하늘을 가리키네

그대, 바람에게 여물통 내어주고
외양간 곁에서 여물 한입 들었는지
한입 들고 동쪽별에게
눈인사라도 잠시 나누었는지

그대, 햇살에게 잔등 내어주고
보채는 새끼 곁에서 허리라도 좀 펴 봤는지
먼 들판을 건너온 새들에게
살포시 손이라도 좀 흔들어 봤는지

어린 새들 노란 부리로 나뭇가지를 콕콕 쫄 때
문득 다시 먼 들판을 바라보니
사위어가는 햇살을 밟고 오는 그대
꼿꼿이 세운 귀,
흰 구름 속에 새 예루살렘이 보이네

행진

리듬에 맞춰 박수를 친다
작은 북소리와 바이올린의 현 사이로
금관악기들이 당당하게 걸어 나온다

허공을 가르듯
지휘봉 하나로 청중을 잠재우던 마이스터의 눈
전장에서 승리하고 돌아온 라데츠키* 장군처럼
어둠을 걷어내고
뚜벅 뚜벅 뚜벅
3박의 행진
산 자여 나를 따르라 눈부시게 팔을 휘젓는다

마이스터와 내가 닿아야 할 개선문
나의 버킷리스트
바다 위에 떠 있는 섬들까지
작은 몸짓, 큰 몸짓
가리지 않고 나아간다

숨어있던 딱정벌레까지 불끈 주먹을 쥔다

* 라데츠키 : 오스트리아의 장군 이름(1766~1858)

저절로는 없다

저절로 나는 새는 없다
낮게 몸을 웅크리고
쉴 새 없이 날개를 퍼덕거려야
하늘 높이
날아오를 수 있다

저절로 피는 꽃은 없다
땅 속에 뿌리를 박고
빛으로 어둠을 빨아들여야
바람 속에
꽃을 피울 수 있다

세상에 저절로는 없다
어둠 속 깊은 곳에서
눈물과 한숨이 들끓어야
길은 길에서 완성된다

세상에 저절로는 없다

사노라면

사노라면
아픔 하나
그리움 하나
그리 사노라면
노래 하나
달빛 하나

사노라면
미움 하나
후회 하나
그리 사노라면
눈물 하나
별빛 하나

사노라면
기다림 하나
외로움 하나

그리 사노라면

바람 하나

풀잎 하나

어둠 속에서

어둠 속에도
자세히 보면 밝음이 있고
밝음 속에도
자세히 보면 어둠이 있다

어둠 깃들일수록
가슴 가슴마다 등불 켜지고
밝음 커질수록
사는 날이 그저 썰물처럼 아득했다

새벽안개 속에
갯벌을 드나드는 물살은
온종일 삶의 흔적들을 실어 나르고
지나가버린 시간의 귀퉁이서
되돌릴 수 없는 어제의 내 모습 찾으려
환하게 불 밝히는 넓은 하늘

어둠 속에서

꿈속인 줄 알면서도

기둥 세우고 서까래 얹고

마음 깊은 곳 조심스럽게

둥근 달 풀어 놓는다

한 번도 가본 적 없는 바람의 길

굴렁쇠

언덕에서 날고 싶다는 생각이
하늘에서 에어버스가 되었고
시냇물에서 종이배를 띄우던 아이의 꿈은
바다에서 항공모함으로 떴다

달 달 무슨 달 쟁반같이 둥근달
동요 한 자락은
마을마다 해맑은 웃음으로 피어나
과즙이 뚝뚝 묻어나던 붉은 사과가 되었다
사과나무 가지들이 어우러지면
하늘처럼 깊은 우물이 되었다

아이는 자라서 어른이 되고
어른은 익어서 사과나무가 되고
사과나무는 다시 가지를 길게 뻗어
길 없는 하늘, 돌우물처럼 깊어졌다

돌과 돌, 밭고랑과 밭고랑을 지나
탱자나무 울타리 과수원을 지나
아이는 한 손으로 제 몸보다도 더 큰
굴렁쇠를 굴리다가
한줌 부신 햇살을 움켜쥔다
발소리가 길게 따라 붙는다
아이는 자신의 발소리를 자신만 듣는다

11월

추수가 끝난 빈 들판
마음이 먼저 길을 떠난다
무엇을 잃은 것 같아 무진행(霧津行) 차표를 사고
누군가 기다리는 것 같아 열차에 몸을 싣는다

간이역 플랫폼에 서 있는 외국인 노동자의 짙은 눈썹
낙엽들을 쓸어 모으는 늙은 역무원의 빗자루
두 손을 갈색 바바리코트 양 옆 호주머니에 찌른 채
깊은 생각에 잠겨 걸어가는 사람들의 뒷모습이 쓸쓸하다

후회하기에는 시간이 너무 지났고
남은 날은 얼마 되지 않아
낡은 의자에 등을 기대기에는 아직 이른 시간이다
바람 말고 찾아오는 이 없다 해도
외로움도 때로는 긴 여백이어서 좋다

하얀 억새의 가벼운 몸짓

미련조차 떨어버리고

분별없이 늘어놓았던 손익 계산서

나아가서 닿고자 했던 이정표마저 떨어버리고

다 내 주어서 편안한 11월의 완행열차

수척해 보이지만 슬프지는 않은 11월

여유가 아직 남아있다

어시장에서

어시장의 물건은 임자가 따로 없다
먼저 찜하는 사람이 임자요 사는 사람이 임자다

어시장 북적거리는 인파 속에
빨래판처럼 큰 광어가 아가미를 벌름거린다
넙치와 도다리도 삐죽 입을 내민다
계란 놈은 숫제 온 세상을 바다로 만들려는지
허옇게 거품을 물었다

그건 하나의 위장술이다
두 눈을 빼꼼히 뜨고 슬금슬금 도망갈 구멍을 찾고 있다
경계를 벗어나자마자 주인의 잽싼 손에 잡혀
수조에 다시 거꾸로 처박히는 게
장난치다 꾸중 들은 아이같이 죽은 듯 웅크리고 있다

딱딱한 껍데기로 속살을 감춘
소라, 대합, 가리비, 모시조개

이동식 주택 하나씩 떠메고
그들은 나선형 계단을 따라 움츠려있다

파도처럼 짙푸른 고등어의 등줄기를 넘어
뱃고동 소리가 들린다
햇볕에 그을린 어부들이
부둣가 선술집에서 소주를 들이킨다

위하여! 위하여!
잔과 잔이 부딪치는 동안
사람들은 낡은 지폐로 살아서 퍼덕이는 바다를 담는다
장바구니는 금방 배가 불룩하다
장바구니 뒤로 바다가 기웃거리며 따라간다

까치

소래포구 가는 길
아카시아 나무 위에 까치 한 쌍이 집을 지었다
마른 가지와 시든 잎이 까치의 집이 되었다

창가에서 종이꽃을 접던 당신의 하얀 손처럼
까치가 날아오르던 길을 따라
햇빛이 쏟아지고
까치 새끼들이 꼬리를 흔들고
점점이 따라 마른 가지를 흔드는 바람 사이를
하늘 잠자리가 날아다녔다

멀리 공장의 굴뚝
검은 연기 피어오르는 높은 담을 넘어
지난밤, 부엉이 한 마리 날카로운 발톱을 들었다
까치집과 새끼들의 몸부림
새벽별도 두 눈을 감았다

까치는 아카시아 나무 목덜미를 어루만지듯
어둠 속으로 나 있는 샛길
진흙 길, 풀밭 길
어느 길을 가는지
하늘 잠자리 먼 길로 집을 버리고 떠나버렸다

고개 쳐든 바람개비처럼 돌고 부딪치며
강줄기 들판으로 내달려간 곳
지도에도 없는 모퉁이 길을 돌아서서
까치는 떠나온 집을 바라보았다

원범이의 첫사랑

강화도령 원범이가 살았다는 옛 집에
빛바랜 비석 하나가 서 있다
땀내 나던 단칸방에는 햇볕 한 줌 없고
추위를 이겨 낸 복수초만
지금 뒤뜰에 무성하다

농사일 틈틈이 나무 한 짐 해 놓고
고봉밥 한 그릇 뚝딱 해치웠을 상머슴 원범이
방 안에 짐승처럼 퍼드러져 쉬다가
논바닥에 달집, 생솔가지 타오르는 저녁이면
찬 우물 사는 양순이를 만나
논두렁 밭두렁 내달렸다

어느 날 뜬금없이
사도세자 핏줄이라고 양순이와 생이별,
갑곶나루 떠날 때
하늘 멀리 쏟아지던 별들처럼

밤새도록 뜨겁게 서로 뺨을 부볐다

휘어진 상다리, 궁녀들 치맛자락
붉은 잎들마저 모두 낯설다고
단숨에 떨쳐내 버렸던
원범이 집 뒤 오래된 단풍나무 한 그루

양순이 없는 강화도
그 옛길에
이제 겨울 나뭇가지 하나
먼 하늘 향해
허리가 반으로 꺾어져있다

시골 밥상

이른 봄 안개 속에서 먼동이 터오면
알싸한 공기에 눈이 시리다
쿨럭쿨럭 사랑방 할아버지 기침 소리
삐거덕 안방 문이 열리는 소리

가마 솥 지나 방고래 굽이굽이 돌아
잔솔 불에 밥 짓는 연기
굴뚝에서 푸르스름하게 피어나면
방바닥은 어느새 따뜻한 엄마의 가슴이 된다

홰에서 내려온 닭들
뒤란 장독대 한 바퀴 헤집고 다니는 사이
모락모락 찰진 밥에 된장찌개 끓는 소리
직박구리처럼 자르르 빛나는 산나물

처마 밑에 자욱하던 안개
텃밭의 아침 이슬까지 소박한 양념이 되어

코끝으로 전해지는 시골 밥상
배보다 먼저 마음이 부르다

버트런드 러셀에게

이제는 편히 쉬세요

가는 실을 풀어헤치듯 당신의 이야기도 모두 끝이 나서

저 무대 밖 나뭇가지에 앉은 새들마저

이별을 준비하고

별들이 반짝이는 밤하늘로 날아갑니다

원래 별 중에 하나였던 당신은

땅 위의 작은 마을에서 태어나

바람 부는 추운 날 할머니를 통해 세상을 배웠습니다

나팔꽃이 핀 여름이 오자

케임브리지에서 스승 화이트헤드를 만나

나팔꽃처럼 아롱지게 이름도 새겼습니다

하늘이 맑은 밤이면

날마다 수천의 별, 별들의 이름을 외우고

밀물이 다녀간 모래밭을 헤매다가

노벨상의 영광도 누렸습니다

사랑하고 헤어지고 사랑하고 또 헤어지고

시민이면서 시민이 아니고

철학자이면서 철학자가 아니고

종교인이면서 종교인이 아닌 자유로운 영혼

당신은 자작나무의 흰 수피였습니다

그렇게 백년 가까이 별똥별로 날다가

어느날 갑자기 더 큰 우주를 향해

블랙홀 속으로 빨려들었습니다

원래 별똥별이었던 나도 언젠가는

창문을 열고 당신을 따라갑니다

시골 교회

나지막한 십자가
붉은 벽돌 작은 건물 마당에는
도회의 교회처럼 전자오르간 에어컨도 없고
바쁘신 예수님 모실 생각 전혀 없고
둔탁한 망치 소리
벌통에서 날아오른 벌들의 날갯짓 소리
댕그렁 빈 항아리를 울린다

어디선가 하루종일 바쁘다가
목사는 긁힌 손등으로 돌아와
낡은 선풍기 바람 아래 눕는다

강건너 아파트 숲에는 반짝이는 별빛
바람 속에 섞여 휘날리기도 하는데
시골 교회 마당 작은 창고 앞에는
흔한 무화과나무 하나 서 있지 않고
폭포로 달리는 물줄기 하나 찾을 수 없고

피곤에 전 당신의 꿈만 번져간다

삼십 만원짜리 돼지 한 마리 잡아서
동네 노인들 모아놓고 잔치하고 싶은 손
미자립 딱지 떼고 선교비도 보내고 싶은 손
손 톱 밑이 까만 그 목사의 손을
슬며시 잡아주던 당신의 손이 떨린다

꿈을 꾸는 것은 아니겠지
그때 그 꿈 언저리에
무화과 열매 주렁주렁 열리고
폭포로 내달리는 물줄기처럼
또 그렇게 손이 흘러내리는 것은 아니겠지

주여!

주여!

알게 하소서

이 마음 왜 이리 답답한지요?

나의 노래 허공을 치고

울림도 반향도 없이

고추잠자리처럼 하늘을 맴도는 이유를

알게 하소서

주여!

알게 하소서

이 발걸음 왜 이리 무거운지요?

꿈도 절망도 없이

차지도 뜨겁지도 않은 기도

트럼펫소리처럼 멀리 사라진 이유를

알게 하소서

주여!

알게 하소서

어디서부터 잘 못되었는지요?

진한 발버둥 몸부림으로

시작도 끝도 없는 시름의 날

엉킨 실타래처럼 점점 꼬여가는 이유를

알게 하소서

기도

주여, 지금 제가 선 이 낮은 자리
이 세상 누구도 대신 할 수 없는
나만의 자리임을 알게 하소서
주님이 허락하신 한 번 뿐인 기회
실로 소중한 기회임을 알게 하소서

하고 싶은 일이 많이 있지만
하지 말아야 할 일과
반드시 해야 할 일을
분별하는 지혜를 주시고
서둘지 않고 느릿하게 하소서

만물이, 다 주인인 이 땅에 살면서
하나하나 생명을 소중히 여기고
내 몸처럼 돌보고 염려하고
믿고 바라고 오래 참게 하소서

천사의 말을 할지라도
사랑이 없으면 울리는 꽹과리 되고
세상의 모든 비밀을 알고
또 산을 옮길만한 능력이 있어도
사랑이 없으면
나 아무 것도 아님을 알게 하소서

남에게 받은 은혜는 이만치
가까운 큰 바위에 새기게 하시고
남에게 베푼 선행은 저만치
바람 부는 해변 모래위에 쓰게 하소서

바쁘면 잠시라도 물러서서
새파란 하늘을 보게 하시고
석양빛에 울려 퍼지는 종소리
멀리 뵈는 저 시온성 바라보면서
주님처럼 기도하고 일어서게 하소서

코이요리티 순례길

잉카의 후예들이

흙먼지 돌길을 따라 산을 오른다

살을 에이는 칼바람

얼음장 계곡을 넘다가 텐트 속에서 쉬고

마른 빵 한 조각 물 한 모금으로 다시 걷는다

날아오는 모래바람에 눈을 감는다

가슴과 무릎에 멍이 들고

손과 발에 마디가 생겼다 사라지고

굳은살이 박혔다

힘이 들수록 고통이 클수록 마음은 오히려 가볍다

형형색색의 서로 다른 옷들을 입고

경쟁이라도 하듯 열정으로 펼치는 춤사위

한밤중이다

코이요리티*에서 더 높은 곳으로 오르다가

높은 곳에서 채찍을 맞고 눈물을 흘리다가

예수 앞에서 깨끗해진 손으로

금세라도 울음을 터트릴 듯한 모습으로

만년설의 얼음을 만진다

손이 닿은 만년설, 녹아서 물이 된다

그 물에 허물을 씻는다 그리고

안데스의 만년설이 사라지지 않게 해 달라고 기도한다

만년설이 녹은 물을 내 바가지에 담는다

물을 뿌린다

하느님의 눈물이다

* 코티요리티(Qoylloriti) : '반짝이는 흰 눈'의 뜻을 지닌 페루 남부의 지역 이름

돌우물 샘물의 나라

너 작은 나라
짙푸른 솔밭에 맑은 샘을 열고
별처럼 달처럼 꿈꾸다가
기다림 속에서 신음하는
그래, 돌우물 샘물의 나라

하얀 교복의 꽃잎들
잔디운동장에 앉아서
웃음처럼 반짝이고
어머니 가슴처럼 포근한 울타리
강의 소리, 피아노 소리
사각사각 글씨 쓰는 소리
때론 아우성 소리
그래, 익어가는 샘물의 나라

석정지 분수대에서 솟는
방울방울 물줄기처럼

아스라한 목련꽃 잎사귀마다
희고도 고운 자태
잔디밭 벤치 사이에 이는 실바람
그렇게, 뻗어가는 샘물의 나라

더 크게 눈을 떠라
더 크게 귀를 열라
더 크게 입을 벌려라
너 이제 작은 나라가 아니다

십년을 웅크렸던 날개
이제 활짝 펴고
티 없는 하늘 바다를 향해
눈부신 희망 내일을 향해
그래, 날아라 돌우물 샘물의 나라

* 2008년 仁川石井女高 개교 10주년 기념 축시
* 교목 : 반송(盤松), 교화 : 목련

4부, 그레이셔만의 바다

노을

짙푸른
바다 위로
붉은 비단
맑은 바람

이별은
하늘에서
포물선을
그리다가

마즈막
입맞춤으로
야누스의
문을 열다

배낭여행

배낭 하나 메고 여행을 떠나면
풀잎 끝에 앉은 아침이 아름답듯이
헤밍웨이의 '노인과 바다'에 나오던 청새치 한 마리
수평선 끝에서 날아오를 것 같다

닿지 않으면 안 될 목표라도 있는 것처럼
지난 시간은 달리고 또 달렸지만
하늘은 말없이 그때 그 하늘
바람은 거침없이 그때 그 바람
별은 총총 그때 그 모습이다

그동안 무거웠던 내 지난날들도
저 배낭처럼 가벼워질 수 있다면
앉아 있어야 했던 자리
그때의 어색함
그때의 아픔까지 다 내려놓고
이제는 집을 나와 걸어야 할 때다

피부는 탄력을 잃고
열정은 식은 지 이미 오래
지난날 내 자리에 머무르지 않아야한다

가서 또
누구의 집이 되고 불이 되어
밤 깊으면
오래된 사원의 허물어져가는 높은 탑이 되어
돌아올 곳이 없어도 떠나는 배낭여행

만달레이 가는 길

야자수 바나나 망고 두리안
정답게 소곤소곤 하늘에 뻗쳐있고
농부들의 검게 탄 얼굴들이 논두렁 가득하지만
저마다의 바구니는 텅 비어있다

여자 하나 매달고 달리던 오토바이
숲속으로 사라진 오후
굉음을 내고 달리던 낡은 자동차마저
나무 그늘로 숨었다

흰 모자를 쓰고 수신호를 하던 교통순경
멋쩍은 듯 먼지 속에서 웃고 있다
길 가던 버마족 아낙네도 오토바이도
먼지 속에서 웃고 있다

발길 끊어진 들녘
땀에 절은 가사(袈裟) 작은 봇짐 하나 메고

기다랗게 줄을 맞춰 석양빛으로 가는 승려들
목구멍까지 바람이 든다
마른 나뭇가지에 목이 탄다

지금 어디쯤 인연의 끈을 놓아버리고
뜨거운 눈물로
무거운 발걸음으로
말없이 돌아가는 본향의 길
만달레이* 가는 길

* 만달레이 : 불신자가 많은 미얀마 제 2의 도시

오래된 사원

1

사막 한 가운데서

오래된 사원을 본다

햇볕과 바람에 그을린 파고다

억겁의 세월을 본다

블래디파야,* 너는 어찌 이 광야에서 상처뿐인 시간

천년을 하루 같이 버티고 있느냐

때론 비밀의 탑을 쌓아두려 했지만

멀어져간 옛 사람들의 감촉을 잊고

이제는 다나까 나무의 흰 수액으로

갈라진 피부를 접목하고 있느냐

빈 티크 공기 하나로

노을 지는 석양에서 무얼 탁발하느냐

2

나는 블래디파야 맨 꼭대기로 기어오른다

일몰을 가슴에 담으려

부처의 머리 위로 기어오른다

부처는 어둔 방,

홀로 지그시 눈을 감았을 뿐인데

왕들이, 장군들이

아리따운 여인들이 지나갔다

슬픔처럼 깊은 고요

그리움이 불쑥불쑥 솟아 뒹굴고

치통 같은 외로움도 오히려 쓸쓸하지 않았다

오래된 사원, 너 이제 홀로 남아

딩딩~ 딩딩~

종소리 듣는구나

태양은 지는 게 아니고 떠오르는 거라고

* 블래디파야 : 라오스의 불교 사원 이름

메콩 강에서

황토 빛 메콩 강에서
낡은 목선(木船)을 타다

굽이굽이 계곡을 흘러온 물길
어느새 일평생 흐르던 강을 넘어서다

은빛 물고기 떼, 비늘 하나씩 내려놓다

안다미로 눈부시게 부서지는 포말(泡沫)들
바람으로 빚은 향기
강기슭으로 뻗은 맹그로브 뿌리 하나가
깃털처럼 가볍게 가라앉다

어두워진 하늘에
하늘은 여전히 비를 부르다

오랜 내전의 흔적 지우려

비발디의 여름처럼 북풍 휘몰아치다

빈 깡통 쓰레기들만 휩쓸려
수상가옥 기둥 주위를 맴돌다

스스로 비워 가벼워진 마음
메콩 강에서 길을 묻던 목선 하나 가다

구름처럼 가볍게 가다

뎅데이

뎅데이*는 열두 살
농번기에는 학교에 가지 않는다
미얀마 밍검 사원을 둘러보다가
사원을 지키는 두 마리 사자상 앞에서
이와야디강에서 부는 바람소리처럼
"아저씨 찬찬이," "아저씨 찬찬이"
휘어 감기는 듯한 뎅데이의 어색한 한국어가 반가웠다
그와 함께 사원의 돌계단을 따라 바닷가로 내려가는 동안
흰 뿔 물소가 끄는 수레의 바퀴가 덜컥거리며 굴러가고 있었다
뎅데이는 기차를 한 번도 타보지 못했다고 했다
베를린도 파리도 뉴욕도 알지 못했다
유리잔 속 사이다가 거품을 만드는 이유도 몰랐다
뎅데이의 까만 얼굴이 노천카페의 유리잔 속에 송글송글 맺혀
있다
호텔로 돌아와 카메라의 앨범을 들여다본다
사진기 안에서
뎅데이의 까만 얼굴이 웃는다

하얀 프랜지파니 꽃 한 송이를 머리에 꽂은 뎅데이

야자나무 아래서 내게 싱긋 웃고 있다

"아저씨 피에피에,*" "아저씨 피에피에"

* 뎅데이 : 미얀마 밍검 사원에서 관광객을 안내하던 소녀 이름
* 피에피에 : '천천히'의 뜻을 지닌 미얀마 언어

밍글로바

밍글로바*?
메콩강, 하늘 향한 불심
여기저기 돋보이는 지난한 흔적 속에
천년을 이어온 바간 왕조
너는 지금 긴 잠에서 깨어나 기지개를 켜고 있다

풍요롭던 지난날에 매여 있는 동안
이웃은 높은 집 짓고
돌로 담장을 쌓았다

어두웠던 날들은 지나고
꿈에서 깨어나 창문을 열었다
젖은 손수건과 녹아버린 사탕 몇 개가 녹아서 끈적거렸다
퍼억 퍼억, 개울가 아낙네의 빨래 두드리는 소리
람봉 가락*처럼 물 흐르듯 손끝에서 들린다

비라도 내렸으면

야자나무 지붕 위에 천둥이라도 쳤으면

먼 길을 걸어가는 사내

밍글로바?

상한 발가락 감싸줄 신발이라도 있었으면

허기진 배 채워줄 가벼운 카오니아오*라도 있었으면

* 밍글로바 : '안녕하세요'의 뜻을 지닌 미얀마의 인사말
* 람봉 가락 : 라오스의 민속음악
* 카오니아오 : 손으로 먹는 찹쌀밥

부처가 되다

일평생 가루다*로
구정물로 살다가
미얀마 쉐다곤 파고다*에서 부처가 되다

뜨거운 숯불 위를 맨발로 걷다가
절벽 바위 위를 허겁지겁 뛰어 오르다가
하늘로 맞닿은 황금 사원에서 부처가 되다

몸체는 없고 그림자만 남은
부처 앞에서 흙먼지 바람으로
부처가 되다

어느새 생사는 간 곳 없고 눈물조차 메마른 방황
느린 발자국으로 살다가
희생(犧牲)의 부처가 되다

일 년 삼백육십오일

날마다 어둠에 넘어지다가

오늘 잠간 눈을 떠서 부처가 되다

* 가루다 : 인도 신화에 나오는 인간의 모습을 한 새(鳥)
* 파고다 : 탑 모양으로 높이 지은 불교사원

방비엥 시골길

비엔티엔에서
방비엥*으로 가는 황톳길
흙먼지 야자나무 숲길에
들소들이 가고
자전거 탄 아이들이 간다

오십년 전 강원도 평장리처럼
느리게 다가오는 익숙한 풍경
낡은 버스 한 대가 털털거리고
흙벽돌 대나무 지붕 위로
전봇대가 팔을 벌리고 서 있다

금빛 사원, 봉숭아 꽃, 물소들이
우물처럼 깊은 점 하나 찍고
소와 돼지, 닭과 강아지가
하늘 향해 힘껏 달려보지만
사람들은 슬쩍 한 쪽 눈을 감은 채

그렇게 의자 깊숙이 등을 기대고

웬일인가
관광객으로 붐비는 거리
달리는 자동차 소리에
흙탕물이 길 위로 넘쳐흐르고
분주하던 내 어깨 위로, 허기진 생각 위로
허리를 깎아내서 건물을 짓고
방비엥 시골길이
몸살을 앓는다

* 방비엥 : 카르스트 지형을 띤 언덕으로 유명한 라오스의 도시 이름

양곤의 휴일

지금 서울은 한창 겨울이지만
미얀마는 불볕이다
야자나무 숲 양곤 호숫가는
칸나 입술보다도 더 붉은 홍조가
더운 바람 속에 오히려 시원하다

인레호수 유원지에서는
물빛처럼 풀피리를 불던 남자가 술래가 된다
손뼉 치며 장단 맞춰
처녀들은 눈썹을 치켜뜨고
론지*의 긴 치맛자락을 풀어 헤치는 연습을 한다
경사진 비탈에서
서로 손을 잡고 가속도가 붙는다

이브의 유혹은
첫 키스의 달콤함보다 더 강한가 보다
열일곱 살 소년의 일탈

첫 알콜의 속 쓰림으로
결국 모든 걸 다 토해내고
에덴동산에 숨는다

소리 없이 타오르던 작은 목소리
여자의 늘어트린 검은 머리가
남자의 구릿빛 어깨 위 눈물 한 방울이 되어
경사진 풀밭으로 굴러간다
인레호수의 하늘까지
후루룩 들이 마신다

* 론지 : 치마 모양의 미얀마 전통의상

인레 호수의 일몰

미얀마, 너 호수의 나라
갈대밭 사이에서 빨래하는 여인
검은 손등에 하얀 손바닥
가난에 해진 옷가지 빨다가
긴 머리 비린내 울림으로 남는다

티크나무로 만든 쪽배를 타고
인레호수, 하늘 끝까지 달린다
섬처럼 떠 있는 부레옥잠 호수
심청이 뛰어들던 인당수 같다
분홍빛 연꽃이 아니어도 좋다
내 고향 대문밖에 핀 흰 무꽃이면 족하다

인레호수 속으로 붉은 해가 진다
외발로 선 어부, 대나무 그물망 위로
마지막 혼까지 모두 쏟아 놓고
쉼 없이 흔들리는 갈대밭 하늘

물보라 억새풀 사이에서 물새 한 마리

어느새 보름달로 떠서 호수 위를 걷는다

알라스카의 숲

알라스카 자작나무숲에는 텃새가 없다
쉬지 않고 재잘대는 찌르레기도 없다
숲 속으로 난 철로를 따라
수다쟁이 여행객들을 싣고
화이트 패스를 향해 기차는 달린다
사람들은 기차에서 내리지 않고
어둔 굴속으로 들어간다
협곡이 내려다보이는 간이역에서
나는 달랑 배낭 하나를 메고
자작나무숲 하얗게 휘어진 길을 걷다가
어느새 빙하, 빙하의 이야기를 듣는다
집을 떠나야 잘 사는 거라고
내가 지은 집이 아닌 집이 또 있다고
어린 자작나무가 걸터앉은
바위 절벽에 돋아난 마른 풀잎 위에 나도 앉아보고
얼음으로 덮인 골짜기 산아비 늙은 허리춤에 기대도 보고
바람처럼 쓸쓸한 숲에서 베링 해 먼 수면 위로 흩어진다

텃새가 없는 알라스카 자작나무숲에서

사람들은 입을 다물지 못한 채

어둔 굴속에 갇힌다

타일랜드 근황

타일랜드는 지금

긴 수로를 따라 수상시장 한 복판에 멈춰있다

북적거리는 인파 장사꾼들의 외침 속에

밀짚모자 쓰고 내가 길을 잃는다

경찰은 파업 중이다

물 속 깊이 길게 뻗은 맹그로부의 뿌리를 지나

웃음 흘리는 맛사지 샵을 지나

쪽배는 달리고 싶다

황금빛 왕궁 앞에서

혼잡한 전철 매표소 앞에서

나는 어쩌다 저들의 모습을 들여다보는데

땀에 절은 무표정한 얼굴들

속살까지 햇볕에 그을려 가뭄이 들었다

갈라 터진 피부에 로션이라도 발라줘야 하는데

지금도 세상 어딘가엔

강한 햇볕에도 한 마디 불평도 없이

맨얼굴을 들어내는 여자가 있다

민낯으로 뙤약볕에서 밭을 매는 여자가 있다
하루에도 수 없이 콩나물시루에 물을 주면서
열 명도 넘는 자식 낳고 증손까지 업어 키운 어미가 있다
갈라진 얼굴, 멈춰선 타일랜드를 지나
좁고 긴 수로를 지나
그을린 얼굴에 아침 이슬로 내리는 눈물을 본다

그레이셔만의 바다

프린시스 선상에서 멀리 알래스카를 바라본다
언제부터일까
저 바다 속에 내가 모르는 세계가
끝없이 펼쳐져 있다는 걸 새까맣게 잊고 산 것이
내 몸 속에서 흐르던 셀 수 없이 많은 별들도
한 때는 모두 바다 속을 헤엄치던
수천 억 마리의 물고기 중 하나 혹은 산호초였을 것이다

숲 속에서 숲 전체를 보기 어려운 것처럼
바다 한 가운데서 온전한 바다
그 참 모습을 보기는 어렵다
다만 내가 볼 수 있는 것은
구름 속에 가려진 바다
스스로 빛을 내지 못하면서
한 없이 태양의 주위를 기웃거리다가
한 밤중 깨어있는 당신 가슴 위에
폭포처럼 쏟아져 내린 바다였다

은하 밖에 안드로메다 은하

은하 캄캄한 하늘에 바람개비 은하

은하 절벽 밑으로 소용돌이 은하

바다의 주위를 맴도는 거대한 별들과 나의 집

부우웅, 부우웅, 뱃고동 울리는 그레이셔만*의 바다

문득 고개를 들어 멀리 알래스카를 바라본다

* 그레이셔 만(Glacier Bay): 미국 알래스카 주 남동 해안의 만

해설

포구에서 부르는 우주의 노래

이형우(시인)

1. 형식과 제목으로 읽는 『낡은 의자에 앉아서』

『낡은 의자에 앉아서』(2018, 생각과 표현)는 총 61수의 시가 실렸다. 1부와 2부에 각각 15수, 3부 17수, 4부 14수다. 연을 나누지 않은 시는 15수, 나머지 46수는 연을 나누었다. (「오래된 사원」은 연작시이므로 2수로 봐야 한다. 그래서 62편 16수의 비연시다.) 비연시의 평균행은 19행이다. 제일 긴 시가 「바다의 끝」으로 27행이고, 제일 짧은 시가 「당신」으로 3행이다. 분연시는 평균 4.6연이다. 제일 긴 시가 9연의 「메콩 강에서」이고 제일 짧은 시는 3연 시 9수다. 분연시는 5연시가 16수로 가장 많고, 그 다음이 4연시 13수 순이다. 한 연이 가장 긴 것은 9행(「그레이셔만의 바다」)이고, 제일 짧은 것은 1행(「메콩강에서」)이다. 길이로 보는 『낡은 의자에 앉아서』는 읽기에 적절하다. 비연시 19행은 보통 시집

1쪽에 한두 줄 넘친다. 시 한 편이 4-5연이면 안정감이 있어 좋다.

　시편들의 제목은 시집의 홀로그램이다. 제목들의 어휘를 분석하면 시집이 가는 길이 보인다. 『낡은 의자에 앉아서』의 제목은 시행에서 많이 가져 왔다. 모두 90여 어휘가 나온다. 동사가 10어휘, 형용사가 4어휘, 부사가 3어휘다. 나머지 73어휘가 명사[68]와 대명사[5]다. 수사가 없는 게 특징이다. 대명사는 1인칭이 3회, 2인칭이 2회[그대, 당신] 나온다. 명사는 '버트런드 러셀, 원범, 뎅데이' 등 인명과 '친구' '여자'라는 일반 명사가 두 번 나온다. 이것만 놓고 보면 신규철의 관심은 나 보다는 대상을 향해 있다. 시간의 총칭어는 세월이 1회 나온다. 계절을 나타내는 명사는 겨울이 3회[겨울 2회, 11월 1회] 나온다. 하루 중에서는 저물녘['노을' '어둠' '일몰']이 3회 나온다. 이렇게 보면 신규철의 시는 겨울과 어둠에 뿌리 내리고 있는 것 같다.

　『낡은 의자에 앉아서』에서는 공간어가 많이 분포한다. 자연어로는 길 4회[길2, 시골길1, 언덕길1], 시골 3회, 바다 3회, 물 2회[돌우물, 샘물], 하늘 2회. 강 1회, 갈대밭 1회, 숲 1회, 산1회 나온다. 물과 관련된 어휘가 하늘에 비해 압도적으로 많다. 여기에 비해 문명어는 편중되지 않고 다양하다. '고층빌딩, 한옥, 집, 사원, 교회, 밥상, 문, 순행길, 어시장' 이 1회 씩 나온다. 여기에 '부처, 주(主), 풍차, 의자, 자리, 여행, 배낭, 노래, 첫사랑, 편지' 등도 각각 한 번 씩 나온다. 주로 높음[고층빌딩, 사원, 교회, 부처, 주]과 관련되거나 만남[밥상, 순행길, 어시장, 여행, 첫사랑, 풍차]을 중시하는 삶의 태도를 읽을 수 있다. 여기에 방향을 나타내는 어휘는 '밖, 속, 끝'각각 1회씩이다. 이로 보면 신규철은 공간 지향형 시인이다. 특히 강과 바다에 관한 사색이 많다. 공간적 사유의 특징은 앞, 뒤, 아래 위가 아니라 안팎, 종시(終始)다.

공간지향성은 지명으로 더 분명해 진다. 국내는 '무의도, 소래염전, 소래포구'가 전부다. 모두 그의 생활 공간과 관련된 장소다. 그의 삶터에 대한 애정이 배타적으로 강화되어 있다. 이런 현상은 외국 지명에서도 확장된다. 미국 4회['그레이셔 만[미국], 뉴욕, 시애틀, 알라스카'] '코이요리티[페루]' 1회 나온다. 메콩강, 만달레이[미얀마], 방비엥[라오스], 양곤[미얀마], 인레호수[미얀마], 타일랜드' 등이 각각 1회 나온다. 그러나 아시아 지역은 모두가 동남아고 미얀마에 집중해 있다. 서양은 미국 중심, 동양은 동남아 중심의 여행을 즐겼음을 알려 준다. 지명으로 읽는『낡은 의자에 앉아서』는 다양하면서도 특정 지역에 쏠려서 사는 그의 단면을 보여준다.

추상어, 개념어가 '근황, 기도, 안부, 희망'[각각 1회]으로 한정

되는 이유도 그의 여정과 무관하지 않다. 동식물에 관한 관심은 '고릴라, 나귀, 까치'와 '단풍나무, 단풍잎, 억새꽃, 자작나무'가 1회씩 나오는 정도다. 동사도 '가다' 5회[가다2, 떠나다2, 나서다1] 나옴에 비해 '멈추다'[앉다]는 1회다. 그만큼 그가 이동형 인간임을 알려 준다. 형용사도 '낡은', '오래된' '없다'가 전부다. '낡은', '오래된'은 구습과 고색을 의미한다. 구습은 폐기해야 하고, 고색은 창연하게 해야 한다. 또 '없다'는 부재에 관한 명상이기도 하고, 회복에 관한 염원과 절망이기도 하다.

2. 화자 유형으로 읽는 『낡은 의자에 앉아서』

서정시는 근대 개념이다. 인간이 주체가 되어 존재자, 사물, 세계를 객체로 간주하고 지배한다. 시인과 대상[작품]도 주체와 객체로 존재한다. 시는 대상[객체]을 주체화한다는 면에서 동일성 개념이 성립한다. 그것은 의지 표상으로서의 대상이고, 근대의 이성과 함께 부상한 휴머니즘 사상과 동궤를 이루고 있다. 따라서 주체는 세계 자체를 지각하고 인식하는 게 아니라, 세계를 자신의 의지의 표상으로 간주한다. 주관적 표상은 근대 서구 사상의 허구이고 착각이고 환상이다. '현대'라는 말은 '근대' 극복을 의미한다. 그래서 대상과의 동일성도 와해시켜야 한다.

　지금까지 우리가 인식하고 있는 화자는 '이성적'이다. 이성은 수학적 사고를 할 수 있는 능력을 일컫는다. 이는 물질화 된 개별체로서의 인식 주체를 가리킨다. 그러나 그런 자아는 없다. 사유[인식] 주체인 나는 없다. 나는 관계에 의해 생겨난다. '나'는 뇌가 아니고 몸이다. 나[몸]는 우주적 기(氣)의 끊임없는 취산(聚散) 과정에서 나타나는 객형(客形)이다. 생명은 물리학적 독자성이 아니다. 생물학적 관계망에서 유지된다. 죽음은 관계 지향성이 사라지는 현상이다. 그런데 여태 우리는 시의 자율성을 신봉하고, 여기에 자본주의의 정신을 투사했다. 그 결과 시라는 허상을 신격화 했다. 시의 이름으로, 수사학의 위용으로 너무 많은 허물과 허울을 뒤집어쓰고 살았다. 음풍농월과 관객모독을 일삼아 언어를 오염시켰다.

　유치원생은 화폭 가운데에 큼지막한 내 모습을 그린다. 그러나 세월이 갈수록 화폭 속엔 내 모습이 없다. 시의 단계도 이와 같다. 이 단순한 원리도 망각한 채 우리는 자아중심주의[Egoism]를 강화하며 자음과 모음으로 도배해 왔다. 현대시의 과제는 시 속의 하느님인 '나'[화자]를 죽이는 일이다. 신규철의 시가 전통 서정을 담고 있는 점에서 탈근대는 그의 과제다. 그도 우리 모두가 져야 하는 시대적인 책무에서 벗어나 있지 않다. 그러나 그의 화자들은 겸손하다. 진중한 눈길들이 나를 만나고 우리를 만나고 세상을 만난다. 그것을 진솔하고 자상하고 애틋하고 정갈한 이야기로 풀어 놓았다. 신규철은 이야기를 전개하는 능력이 뛰어나다. 그런 점이 시를 더 친근하게 만든다. 그리 만드는 근본적인 이유는 다양한 화자들 덕분이다. 이들이 '①개체적 ②가족적 ③사회적 ④우주적' 화자다.

> 집을 짓는 일도 돛대 위에 갈매기를 쉬게 하는 일도
>
> 먼 바다로 나가서 고기를 잡는 일도
>
> 모두,
>
> 넘어지지 않으려 기우뚱거림의 중심에 평형수를 채우고
>
> 돛을 내리고 돛을 올리는 일이다
>
> ─「나의 집」 4연

개체적 화자는 내면세계를 노래한다. 관심이 내 문제로 집약된다. 그래서 내향성, 정착성, 공간성을 강화한다. 「나의 집」처럼 중심 잡기가 무엇보다 중요하다. 중심 잡기는 자아 성찰이다. 화자는 홀로 서기 위해 부단한 노력을 했다. 꿈["날개"]이 "너무 커서 조롱을 받"았지만, "커다란 암초에 걸려 넘어지"면서도, "모든 물고기들이 거센 폭풍 속에 숨을 때도" "당당하게 방파제 앞에 서 있었다."(「바다의 길」). 또 영적 삶을 고쳐시키고자 "노아의 방주에 눈 맞추"고도 살았다. 한편으론 삶의 현장에서 치열했다. "누군가 던져 준 새우깡 한줌에 야단법석"인 비둘

기처럼, "몇 조각의 빵"을 위해 몰입["깜빡 졸"(「낡은 의자에 앉아서」)]하기도 했다. 그러고 나니 하 세월이 갔다. 그런데도 "열매다운 열매 하나 맺지 못하고/향기다운 향기 하나 내뿜지 못하고/몸만 버렸"(「세월」)다. "후회하기에는 시간이 너무 지났고/남은 날은 얼마 되지 않"(「11월」)는다. 그렇다고 "낡은 의자에 등을 기대기에는 아직 이른"(「11월」) 나이다. 나를 위해 살다 보니 "보고도 못 보는 병"(「보이지 않는 고릴라」)에 걸린 내가 보인다.

> 내가 처 놓은 그물 속에서
> 나는 한쪽 눈을 감은 채
> 보고 싶은 것만 눈에 익히고
> 듣기 좋은 소리만 귀에 담았다
>
> ─「보이지 않는 고릴라」 3연

보고도 못 보고, 듣고도 못 듣는 병폐는 집착 때문이다. 외로움이 커서도 그렇다. 그러나 "외로운 바람소리 창가에 서서/시리도록 입술을 깨물어보지만/헤어지지 않는 인연은 없다"(「단풍잎」) 그 사실을 모르지 않았다. 인정하고 싶지 않았을 뿐이다. 그런 내가 있는 소래포구로 별들이 내려와 박힌다. 그 별들은 "그리스 파라미디 1000년 고성을 넘어서 인도양을 넘어서" 왔다. 와서는 납작 엎드려 꿈쩍을 않는다. 여기서 "이 밤, 나는 어디로 가야 하나"(「바다의 끝」)로 다시 묻는다. 어느새 나의 안식

처[아파트]는 "천 길 낭떠러지"고 "다시 길을 잃"게 하는 혼돈의 공간이다. 그런 나에게 "누군가 죽비 후려치는 소리"(「바다의 끝」)가 들린다. 깨달음은 나를 객관화 한다. "멀리 아무르강에서 날아온 붉은 가슴 도요새처럼/낮이면 붉고 밤이면 검어지는 바람의 몸 밖에서/제 몸을 바라보는 단풍잎"(「단풍나무 가까이」)같은 내가 보인다. 나를 기억하는 예전의 단풍나무와도 교감하게 한다. "손금을 들여다보듯 젊은 한 때의 일"을 "허물어진 성벽을 넘어가듯" 하며 "그 작은 언덕 위에서 단풍처럼 발갛게 물들어"(「단풍나무 가까이」) 있는 나를 만난다.

> 원주 가는
>
> 버스를 타고
>
> 깔딱 고개 산마루 몇 굽이 넘어서니
>
> 어느새 유년의 강, 어머니 젖가슴이다
>
> ─「억새꽃 겨울」

　가족적 화자는 세상을 내 기준에 맞춘다. 그래서 감정이입이 많다. 공간[멈춤]이 시간[흐름]보다 중요하다. 사적 인연이 지니는 끈끈함으로 주위를 엮는다. 가문[가족], 친구, 지연, 학연 등과 관련된 이로움이 그리움으로 온다. 「억새꽃 겨울」의 화자는 "깔딱 고개 산마루 몇 굽이 넘어서"며 옛날을 만난다. 이 화자가 꿈꾸는 세상은 옛날 복원이다. 그 실상은 "할머니 무릎 베고 옛 이야기 듣던 평상이 있는 집/갓 쪄 낸 옥수수, 속살 노란 고구마/왕골 바구니 놓인 하늘/아침이면 황금색 금강소나무/하늘 정원에 작은 연못"이다. "안방에 부모님 모시고" 이웃들 불러 모아 온갖 정담 나누는 자리다. "고추장, 된장, 오이장아치/소금물에 잘 익은 무 항아리 놓아두고/겨울에도 시원한 동치미국물" 마실 수 있는 장독대가 있는 곳, "봄 한철 송홧가루 날리던 밤/별빛, 달빛 그 냄새"(「뉴욕 고층 빌딩에 한옥」)가 있는 곳이다. 배보다 마음이 먼저 부른 "코끝으로 전해지는 시골밥상"(「시골밥상」)이 있는 곳이다. 그러나 이런 소망은 슬픔으로 절망으로 이어진다.

산이 떠나간다

오늘은 산이 나를 떠나간다

어머니가 참나물을 뜯으시던 치악산골짜기

아버지가 지게지고 나무하시던 그 산등강이

개울물에서 알 밴 가재를 내어주던 계곡마저

해질녘 어둠 속에서 나를 떠나간다

—「떠나는 산」

환상은 현실로 깨어나고, 환상은 어둠 속에 사라진다. 참나물 뜯고, 나무하시던 어머니 아버지의 모습이 어둠에 가려 보이지 않지만[떠났지만] 사무치는 그리움은 오히려 선명하다. 어둠은 형상 대신 어머니 목소리를 들려준다. 어머니가 부르면 돌아갔던 집, 그땐 가족이 있었다. 그러나 "이제는 빈방"이다. 혼자서 아픈 몸으로 약을 다린다. "창 밖에는 밤비 내리고/주방에선 한약이 끓고 있는데/어디선가 자꾸만 섬강 물소리 들린다"(「나의 강으로」) 섬강의 물소리는 어머니가 부르는 소리다. 본능적으로 달려가야 한다. 모든 이별을 이별하지 않기로 한다"(「그대의 자리」) 했지만" 세월은 그 선언을 용납하지 않는다. 이제 "너의 숨소리가 만드는 세상에서/아득한 꿈에 잠"(「자작나무」)길 날은 얼마 남지 않았다. 돌아보니 그새 성급한 친구들은 어머니 만나러 먼저들 떠나기도 했다.

> 비는 하염없이 내리는데
>
> 그는 영영 돌아오지 않고
>
> 그와 같이 걸었던 나란한 젊은 날의 철길
>
> 이제 남은 것은
>
> 침목 사이마다 돋아난 풀잎뿐이다
>
> ―「친구」

　화자는 친구의 부음 소식을 듣고 망연자실하며 눈물 흘린다. 예전처럼 비가 내려도 친구는 돌아오지 않는다. "침목 사이마다 돋아난 풀잎"만 젖고 흔들릴 뿐이다. 하긴 더 일찍 간 친구들도 있었다. "초록 댕기 같은 그런 희망을 남기고/포플러 어린

잎처럼 소리 없이 떠나간 그대들"이다. "/지금쯤 산마을 어느 여울목에서/얼음 녹아내리는 소리/바위와 바위의 노래/골짝마다 산 메아리로 울려 퍼"(「안부」)질 소리의 화신들이다.

> 들에는 풍년, 바다에는 풍어
>
> (중략)
>
> 춤추는 섬 무의도, 어디선가
> 인신공양으로 바쳐진 여자아이 울음소리 들린다
>
> ―「무의도」

　사회적 화자는 나를 세상 질서에 맞춘다. 역사적 상상력을 발동하며 정의로운 세상을 꿈꾼다. 위엄과 명분과 권위를 중시한다. 개체적 화자와 가족적 화자가 소아적(小我的) 차원이라면 사회적 화자부터는 대아적(大我的) 차원이다. 과거, 현재, 미래를 꿰뚫어서 국가와 세상을 위해 헌신하고자 한다. 사회 역사적 화자는 세상을 바루고자 하는 마음이 강하다. 그들의 이상은 더불어 잘 사는 세상이다. 그러나 역사는 희생을 영양소로 한다. 「무의도」의 풍년(豊年)과 풍어(風魚)의 이면에는 "인신공양으로 바쳐진 여자아이"가 있다. "흰 구름 속에 새 예루살렘이 보이"는 기쁨도 "사위어 가는 햇살을 밟고 오는 그대/꼿꼿이 세운 귀"(「나귀를 생각하며」)가 있다. 그것은 "어둠 속에서/꿈속인 줄 알면서도/기둥 세우고 서까래 얹고/마음 깊은 곳 조심스럽

게/둥근 달 풀어 놓는" "한 번도 가본 적 없는 바람의 길"(「어둠
속에서」)을 따른 마음들 덕분이다.

> 멀리 공장의 굴뚝
>
> 검은 연기 피어오르는 높은 담을 넘어
>
> 지난밤, 부엉이 한 마리 날카로운 발톱을 들었다
>
> 까치집과 새끼들의 몸부림
>
> 새벽별도 두 눈을 감았다
>
> ―「까치」

　부엉이의 발톱이 앗아간 보금자리, 까치와 같은 인생들이 즐
비한 곳이 세속이다. 이러한 까치들이 모여 사는 생태계에 교
회가 있다. 거기는 도시와 달라서 전자 올갠도 에어컨도 없다.
예수님 봉양은 뒷전이고 목사의 망치소리만 요란하다. "벌통
에서 날아오른 벌들의 날갯짓 소리"가 들리니 양봉을 하나 보
다. 그 목사는 "삼십만 원짜리 돼지 한 마리 잡아서/동네 노인
들 모아놓고 잔치하고 싶"고 "미자립 딱지 떼고 선교비도 보내
고 싶"다. 그런 소망을 실천하기 위해 목사의 "손 톱 밑이 까"
맣다.(「시골교회」) "농부들의 검게 탄 얼굴들이 논두렁 가득하지
만/저마다의 바구니는 텅 비어있"(「만달레이 가는 길」)는 현실은
어디든 마찬가지다.

뎅데이는 기차를 한 번도 타보지 못했다고 했다

베를린도 파리도 뉴욕도 알지 못했다

유리잔 속 사이다가 거품을 만드는 이유도 몰랐다

뎅데이의 까만 얼굴이 노천카페의 유리잔 속에 송글송글 맺혀 있
다

—「뎅데이」

뎅데이는 미얀마 밍검 사원에서 관광객을 안내하던 소녀 이름이다. 그녀는 기차 한 번 탄 적도 없고, 세계적으로 유명한 도시 이름도 모른다. 사이다가 만드는 거품은 당연히 모른다. 그런 소녀가 찍힌 사진을 보며 안타까워한다. "먼 길을 걸어가는 사내"가 안녕하세요?(밍글로바?) 한다. "상한 발가락 감싸줄 신발이라도 있었으면/허기진 배 채워줄 가벼운 카오니아오[밥]라도 있었으면"(「밍글로바」) 싶다. "갈라 터진 피부에 로션이라도 발라줘야 하는데/(중략)/강한 햇볕에도 한 마디 불평도 없이/맨얼굴을 들어내는 여자" "민낯으로 뙤약볕에서 밭을 매는 여자" "하루에도 수 없이 콩나물시루에 물을 주면서/열 명도 넘는 자식 낳고 증손까지 업어 키운 어미가 있"(「타일랜드 근황」)는 땅도 있다. 그런가 하면 "손뼉 치며 장단 맞춰/처녀들은 눈썹을 치켜 뜨고/론지의 긴 치맛자락을 풀어 헤치는"(「양곤의 휴일」) 아가씨들도 있다. 관광객 유치를 위해 천혜 자원을 훼손하고, "허리를 깎아내서 건물을 짓고" 길들은 "몸살을 앓는다"(「방비엥 시골길」)

또, 강에는 "오랜 내전의 흔적 지우려/비발디의 여름처럼 북풍 휘몰아치"는 "빈 깡통 쓰레기들"(「메콩강에서」) 즐비하다. 그래서 평범한 아름다움도 더 크게 다가온다. "분홍빛 연꽃이 아니어도 좋"고 "내 고향 대문밖에 핀 흰 무꽃이면 족"(「인레 호수의 일몰」)한 꽃들이 핀 호수가 그렇다.

　　농사일 틈틈이 나무 한 짐 해 놓고
　　고봉밥 한 그릇 뚝딱 해치웠을 상머슴 원범이
　　방 안에 짐승처럼 퍼드러져 쉬다가
　　논바닥에 달집, 생솔가지 타오르는 저녁이면
　　찬 우물 사는 양순이를 만나
　　논두렁 밭두렁 내달렸다

　　　　　　　　　　　　　　　—「원범이의 첫사랑」

　원범은 철종이 강화 도령으로 있던 때의 이름이다. 세도가의 횡포에 눌려 신분을 속이면서 살아야 했다. 「원범이의 첫사랑」은 그와 관련된 이야기다. 갑남을녀일 때는 양순이 만나서 "논두렁 밭두렁 내달렸"던 사랑이었다. "고봉밥 한 그릇 뚝딱 해 치우고" "방 안에 짐승처럼 퍼드러" 졌던 남자였다. 그런 상머슴이 갑자기 지존이 되었다. 그래서 "어느 날 뜬금없이/양순이와 생이별" 해야만 했다. 강화도의 비석에는 "갑곶나루 떠날 때/하늘 멀리 쏟아지던 별들처럼/밤새도록 뜨겁게 서로 뺨을

부볐"을 슬픈 사랑이 서려있다. 본인의 의사와 무관하게 "가서
또/누구의 집이 되고 불이 되"고 "높은 탑이 되어"(「배낭여행」)야
하는 남자, 남아서 돌아오지 않을 사람을 기다려야 하는 여자
의 운명이 비석의 그림자로 남아 있다.

> 사노라면
>
> 아픔 하나
>
> 그리움 하나
>
> 그리 사노라면
>
> 노래 하나
>
> 달빛 하나
>
> —「사노라면」

　　우주적 화자는 객관적 세계[외부 문제]를 다룬다. 우주의 변
화, 대세, 흐름 등등의 시간성에 초점을 맞춘다. 지혜와 지식이
조화되어 하늘의 질서에 부합하는 길을 발견하고 그리로 가려
고 한다.「사노라면」에는 삶의 보편적 진리가 담겨 있다. '아픔'
은 '노래'를 낳고 '그리움'은 '달빛'이 되어 비친다. '미움'과 '후
회'는 '눈물'과 '별빛'으로 치유된다. '기다림'은 '바람' 소리에 귀
기울이게 하고, '외로움'은 풀잎의 흔들림에도 주시하게 한다.
그러나 그리 되기에는 "그리 사노라면"이란 단서가 붙는다. 그
리 산 사람에게만 시간은 치열함을 정결함으로, 격동을 평온으

로, 절망을 무욕으로 바꾼다. 그리 산 사람에게만 절실한 시간들의 축적인 통찰력이 생긴다. 그 눈으로 표리(表裏)를 꿰뚫고, 시대를 관통하게 한다. 티끌에서 우주를 보고 이파리 하나에 삼라만상이 떠 감을 보게 한다. 그리 산 사람에게 시비(是非) 이해(利害) 등의 분별지는 무용지물이 된다.

> 잠들지 못하고 뜰에 나갔다가
> 연못에 비친 하늘을 들여다본다
> 그 속에는 나뭇가지처럼 맑은 미소
> 긴 꼬리별, 손톱 조각달이 들어있다
>
> ―「하늘은」

　화자에겐 하늘과 땅은 둘이 아니다. 하늘이 연못의 형상으로 화자 앞에 있다. 더 이상 하늘은 높아서 닿지 못하는 공간이 아니다. 미소와 꼬리별, 손톱 조각달이 떠 다니고, 붕어, 소금쟁이, 물방개로 넘쳐난다. 또 "하늘은 하나의 물방울이면서 풀잎이"고 "어린 아이의 작은 손에서도 들릴 줄 아는 동심"이다. 부르면 언제든지 "맑거나 푸르거나 붉게 탄 얼굴/하나로 떠서 내게 다시 걸어온다" 결국 하늘은 "퍼내고도 깊이를 알 수 없는 봄빛"(「하늘은」)을 띤 지상이다. 그런 지상을 물들이는 노을은 "마즈막/입맞춤으로/야누스의/문"(「노을」)이다. 연못은 하늘과 땅이 하나 되어 새로이 펼치는 우주다.

이러한 우주는 내 몸 발견에서 펼쳐진다. 나도 "한 때는 모두 바다 속을 헤엄치던/수천 억 마리의 물고기 중 하나 혹은 산호 초였"고 "한 없이 태양의 주위를 기웃거리다가/한 밤중 깨어있는 당신 가슴 위에/폭포처럼 쏟아져 내린 바다였"(『그레이셔 만의 바다』)다. 내 집은 거대한 은하계와 그 바다 주위를 맴도는 별들이었다. 이런 웅장한 상상력은 땅으로 내려와 부처가 되는 과정과 부처를 만드는 자리를 말한다.

부처는 누구나가 될 수 있다. 귀천도 유무(有無)도 없다. "일평생 가루다로/구정물로 살다가", "뜨거운 숯불 위를 맨발로 걷다가/절벽 바위 위를 허겁지겁 뛰어 오르다가"도 된다. 형상 없이도["몸체는 없고 그림자만 남은/(중략)흙먼지 바람으로"]도 된다. 끝임없는 정진["눈물조차 메마른 방황/느린 발자국", "일 년 삼백육십오일/날마다 어둠에 넘어지다가"]하다가도 되지만 "오늘 잠간 눈을 떠서"(『부처가 되다』)도 된다. 부처가 되는 자리도 아무 데서나 가능하다. "미얀마 쉐다곤 파고다에서", "하늘로 맞닿은 황금 사원에서"도 되지만, 일상적인 삶터에서도 가능하다.

3. 시간성으로 읽는 『낡은 의자에 앉아서』

시간은 몸이 나아가고 물러서는 데서 인식된다. 공간에 따라 나아가고 물러나는 양상이 다르다.[緩急]. 상하로 오르내리기도 하고, 경사지게 오르고 내린다. 이러한 방향성이 희로애락(喜怒哀樂)을 낳는다. 완급(緩急)은 박자[强弱]와 장단을 만든다. 완(緩)은 약박(弱拍), 에두름으로, 길게[長] 나타난다. 급(急)은 강박(强拍), 직설로, 짧게[短] 나타난다. 완(緩)은 약박, 에두름, 유장하게 나타난다. 급(急)은 치밀어 오르거나[직승(直升)↑] 곤두박질친다.[함강(陷降)↓]완(緩)은 조용히 올라가거나[횡승(橫升)↗] 가만히 내려간다.[방강(放降)↘] 슬픔과 분노하는 기운은 올라가고, 기뻐하고 즐거워하는 기운은 내려간다. 완급과 방향성은 호흡[음보]와 리듬[운율]이다. 인품도, 작품도 완급을 잘 조절하는데 성패가 달려 있다.

『낡은 의자에 앉아서』는 전체적으로 완만한 호흡, 정갈한 리듬을 지니고 있다. "평형수를 채우고/돛을 내리고 돛을 올리는 일"(「나의 집」)처럼 시간은 급하게 상하 운동에서 시작하여 속도를 더디게 하고 수평으로 이동한다. 수평 이동의 경우에도 대조적이다. 주위의 흐름은 빨라도 화자에는 느긋하다. "아마추어 사진작가도 지나가고/여섯 량 객실을 달고 오이도 행 전철도 지나가고/진흙 속 칠게 잡아먹던 물새들 까르륵 지나가"고 비둘기들은 먹이 빨리 쪼느라 바쁘다. 그런데도 화자는 존다. 조는 동안 "내 인생도 지나"(「낡은 의자에 앉아서」)가 버렸다고 토로 한다.

이제 내 발등을 딛고/내 어깨를 짚고/강둑 이쪽에서 강둑 저쪽까지/아득하고 서늘하게 나부끼는 갈대(「겨울, 갈대밭에서」)

어느새 하늘로 끓어오르는 저 작두의 날빛/전생에 새였을 단풍잎 하나/전생보다 먼 과거의 매듭을 풀고/하늘도 하얗게 빈/이 밤, 임진강을 건너고 있다(「하늘이 된 여자」)

사연 많은 달 빛 아래/아직 마당가에 서 있는 굽은 대추나무/그 나뭇가지 끝에 앉아있던 개똥지빠귀 한 마리/멀리 안개 속으로 다시 떠나간다(「떠나는 산」)

감나무 가지에/까치밥 하나 매달아 놓고/아궁이에 불을 지피던 당신의 거친 손등(「억새꽃, 겨울」)

꽃들은 다투어 피어나는데/분봉하는 벌들 어지럽게 하늘을 나는데/목줄에 매인 개 한 마리/마당 한 쪽 디딤돌에 턱을 받치고 졸고 있다(「언덕길」)

위 구절의 시간은 "내 발등을 딛고"[↓] "내 어깨를 짚고[↑], "강둑 이쪽에서 강둑 저쪽까지"[→] 흘러 간다. "어느새 하늘로 끓어오르는[↑] 저 작두의 날빛[↑], "전생보다 먼 과거의 매듭을 풀고"[↓], "임진강을 건너고 있다"[→] "달 빛 아래[↓]" "마당가에 서 있는[↑]" 대추나무, "멀리 안개 속으로 다시 떠나[→]가는 개똥지빠귀 한 마리, "감나무 가지에/까치밥[↑] 하나 매달아 놓고"[↓]/아궁이에 불을 지피던"[→] 손등, "꽃들은 다 투어 피어나"[↑]고, "어지럽게 하늘을 나는"[↑, →] 벌들이 시간들이 난무한다.

　수직과 수평이 각립하는 시편들은 애상적인 정조가 강화된다. "뭘 몰랐는지/뭘 잘못 알고 있었는지"도 모른 채 "구불구불한 길/따가운 햇볕 아래 모자를 눌러 쓰고/한 눈 팔지 않고 열심히 숫자를 세고 가는 길"(「보이지 않는 고릴라」) 위의 자신을 보는 서글픔, 누구 있음 "와서 내 노래 들어 보"(「내 노래 들어 보소」)라는 답답함, "고향 떠나/꺼진 연탄에 불 붙여 놓고/냉방에서 온기가 돌기를 기다리던 자취방"(「세월」)의 애처로움, "이 밤, 나는 어디로 가야 하나/천 길 낭떠러지기 같은 방에서/나는 다시 길을 잃"(「바다의 끝」)은 절망감이 자신을 잠식한다. 하지만 화자들은 감정에 휘감기지 않는다.

　그러다 자연스레 우주와 하나 되는 시간을 만났다. "무릎 저린 날[→] 바람이[→]" 불고, "허리 굽은[↓] 날 비가[↓]" 온다.(「가자」) 이제 "당신 계신 정겨운 모습 그림자까지 환히 빛나는[↓] 영혼 깊은 그 곳으로 과연 떠날 수 있을까[↑]"(「과연 떠날 수 있을까」)를 고민한다. 달이는 한약의 "쑥과 망초의 알싸한 내음 속[→]에는/어머니의 먼 강[→]이"(「나의 강으로」) 보인다. 그 래서 다시 "낮은 땅에서 정든 누이로/아버지와 어머니로[→]/나뭇가지에 맺힌 물방울로 가자[↓]" "구름 속으로[↑]/더 작은 섬으로[↓]/더 깊은 하늘[↑]로/산들바람[→] 단풍잎[↓]으로 가 자"(「가자」)고 독백한다. "사는 것은 순간이고/죽는 것은 순간에 서 깨어나는 거라며/깊어 가는 가을"(「단풍잎」)의 분홍빛 전언을 받는다.

이러한 서글픔은 그리움을 강력하게 북돋우는 시간으로 강 화된다. 화자는 지구상 어디에서든 "할머니 무릎 베고 옛 이야 기 듣던 평상이 있는 집"(「뉴욕 고층 빌딩에 한옥」)을 지으려 한다. "나란히 누워/흘러내리는 별들 가슴으로 바라봤던 밤/밤이 깊 도록 잠들지 못했던"(「친구」) 그 여름밤을, 지금은 이승에 없는 그 친구를, "포플러 어린잎처럼 소리 없이 떠나간 그대들"(「안 부」)을 떠 올린다. 여전히 마음은 "그 집 흰 모래밭에서" "아직 도 공기놀이가 한창이다"(「소래염전」) 그러나 친구도 사랑도 "몸 과 마음/빈 방에 두고/눈 먼 세상"(「가자」)에서 떠났다. "기울어 진 하늘의 끝자락을 밀치고/북으로 혹은 남으로/제멋대로 오고 가던 한낮의 새들은 다 어디로 "(「하늘이 된 여자」) 가고 없다. 하 지만 "바람 말고 찾아오는 이 없다 해도/외로움도 때로는 긴 여백이어서 좋다" 아직 화자의 일생은 "수척해 보이지만 슬프지는 않은 11월"(「11월」)이다. 아직 한 달 이상의 여유가 있다. 이런 여유가 세상으로 눈을 돌리게 한다. 어쩌면 11월 전의 흔적인지도 모른다.

소래포구는 "부엉이 한 마리 날카로운 발톱"(「까치」)에 둥지 잃고 새끼까지 잃은 까치가 망연자실 서서 사라진 집을 바라보는 시간을 전경화 한다. 그 뒤로 "멀리 공장의 굴뚝/검은 연기 피어오르는 높은 담" 안의 인간까치들이 있다. 그들 역시 "지도에도 없는 모퉁이 길을 돌아서서" "떠나온 집을 바라보는"(「까치」) 일만 남았다. 그래서 까치의 시간은 인간의 시간이다. 또, 부엉이를 활개치게 한 어둠은 도시 교회의 시골 교회의 모순을 심화시킨다. 도시 교회는 불빛으로 어둠을 제압하지만 시골 교회는 초라한 십자가가 어둠에 쌓여 있다. 이보다 더한 세상이 동남아다. 그들의 현재는 우리의 과거였다.

이런 현실에서 화자는 호연지기(浩然之氣)를 말한다. 분발의 촉구하는 말들은 계속 이어진다. "세상에 저절로는 없"(「저절로는 없다」)기에 꿈을 꾸어야 한다. 날고 싶다는 욕망이 비행기를 만들었다. 물장구의 추억이 항공모함을 만들었다. 아무리 바빠도 꿈과 희망을 포기하면 안 된다. 그래서 "자신의 발소리를 자신만 듣는"(「굴렁쇠」) 귀가 필요하다. "하늘로 쭉쭉 뻗은 침엽수

숲 속[↓]의 독수리[→]같이/나라다 폭포 차디찬 물줄기[↓]에
한 쪽 발이라도 씻[→]"(「시애틀에서 쓴 편지」)으려는 마음을 지녀
야 한다. 또 우주적 교감도 이루어야 한다. 바다와 은하수를 망
라하는 우주적 사유를 지녀야 한다.

한편으론, 하늘만 좇는 위험도 경고한다. 잠언(箴言)의 시간은
현실적 인간의 대비해야 하는 덕목이다. 우리 삶이란 "어둠 깃
들일수록/가슴 가슴마다 등불 켜지고/밝음 커질수록/사는 날이
그저 썰물처럼 아득"(「어둠 속에서」)하다. 그래서 세상은 편안할
때 위기를 생각해야 하고, 속박 당할 땐 자유를 그리워해야 한
다. 그런 지혜와 용기를 지녀야만 제대로 살 수 있고, 꿈을 이룰
수 있다. 이런 분위기를 살리는 것이 시간의 방향성이다.『낡은
의자에 앉아서』는 수평적인 시간이 확대될수록 애상적인 정조
는 강화되고, 수직적인 시간과 겹치면 시선이 확장되고, 호연
지기나 의지력이 강화됨을 알 수 있다. 시간의 방향성을 잘 살
린 시집이다.

4. 공간성으로 읽는『낡은 의자에 앉아서』

공간은 크게 '내 공간'과 '남의 공간'[사회 공간]으로 나눌 수
있다. 내 공간은 내 의지가 실현되는 곳이다. 사회 공간은 관계

[위계질서]에 의해 결정된다. 삶은 이 두 공간이 어떤 관계를 맺느냐에 따라 결정된다. 여기에는 다시 절대 공간과 상대 공간이 존재한다. 절대 공간은 '①독존 공간[내 공간 독존]과 ②획일 공간[사회 공간 독존]이 있다. 상대 공간은 개인과 사회 관계로 나타난다. ③개인 공간 우위, ④사회 공간 우위, ⑤두 공간의 갈등과 대립, ⑥두 공간의 타협과 조화 '로 나타난다.

『낡은 의자에 앉아서』의 공간은 <타협과 조화 공간>이 37.7%[23수], <독존 공간> 29.5%[18수], <사회 우위 공간>이 24.6%[15수]로 분포해 있다. <개인 사회 공간 갈등>이 4수, <개인 공간 우위>가 1수다. <타협과 조화 공간>과 <사회 우위 공간>을 합치면 62%다. 사회의 중요성을 절대시한다는 점에서 요즘의 젊은 시들과는 현격한 차이가 있다. <내면 절대 공간>의 비중이 높은 이유는 사유의 깊이를 알려준다. 그의 시작(詩作)은 나는 누구인가? 나는 무엇이었나를 치열하게 묻는데서 시작한다. 또 개인 우위와 사회 우위가 '1수 : 15수'인 점은 시인의 가치관이 어디에 있는가를 정확히 보여 준다. 그러면서도 사회 절대[획일] 공간을 지향하지 않는다. 그만큼 그가 바라보는 세상은 균형감이 있고 긍정적이다.

현대시의 주체는 타자의 욕망 대상[남의 눈에 띄기] 되기다. 전략적 화자[자아]이고 분열된 주체다. 그 화자는 작품을 넘나드는 주체, 신체적 주체로 환원된다. 이들 주체 분열은 공간 점유 방식에서 일어난다. 이상주의자는 공평함을 공유하려 한다. 보편성과 이타성을 중시한다. 현실주의자는 사사로움을 중시한다. 특수성과 이기성을 중시한다. 이상주의자는 옳음을 추구하고 그름을 고치려 한다. 현실주의자는 이로움을 좇고 해로움을 피하려 한다. 옳음을 추구하는 화자는 자비롭고 어질다. 그름을 고치려는 화자는 정의롭고 공평하다. 이로움을 좇는 화자는 윤리적이고 책임감이 강하다. 해로움을 피하려는 화자는 착하고 지혜롭다. 이를 각각 개체적 화자, 가족적 화자, 사회적 화자, 우주적 화자로 명명했다. 이들 화자는 공간을 점유하는 차원[틀]의 크기다.

『낡은 의자에 앉아서』의 화자는 균형감 있게 분포되어 있다. 이상과 현실의 균형을 맞추려는 사회적 화자와 가족적 화자가 70% 가량 차지한다. 특히 사회적 자아가 40%로 시집의 주류다. 그만큼 그들의 시선은 공동체적 관심사가 대부분이다. 시집 속에서 분열된 주체들이 모여 세계 동포 주의[Cosmopolitanism]를 부르짖는다. 이 화자들의 경계를 지우면 신체적 환원이 일어난다. 신규철이라는 시인[이름]이 남는다.

시인과 화자는 도플갱어(double goer)다. 전혀 다른 목소리도 내지만 역설이고 반어다. 동일시와 대립, 조화와 갈등은 동전의 양면이다. 『낡은 의자에 앉아서』는 시인의 일관된 삶을 진솔하고 돈후하게 조화시킨 품격있는 시집이다. 시에 나타나는 그의 삶은 나를 지켜 우리를 세우고 세상을 밝히는 데 있었다. 그래서 그의 '낡은 의자'는 '권위, 전통, 소통, 교감, 배려, 지혜'의 의자로 재탄생한다. 기운생동으로 충만한 다음 시집을 기다린다.